# Perché ci incontriamo sempre due volte

## L'inizio della fine

Jessica Hintz

Stati Uniti
2024

# Impronta

Titolo del libro: Perché ci incontriamo sempre due volte
Sottotitolo del libro: L'inizio della fine
Autore: Jessica Hintz



Autore: Jessica Hintz
Contatto: boxingboy898337@gmail.com

# CONTENUTO

# L'incontro con lo scooter

**Sierra:**

Stavo diventando irrequieto. L'auto di pattuglia sembrava una prigione in movimento, ed ero così vicino ad addormentarmi. Era il mio ultimo giorno di tirocinio di due settimane presso le forze di polizia e non potevo fare a meno di sentirmi un po' malinconico al riguardo. Presto sarei tornato a casa dai miei genitori e dai miei due fratelli più piccoli. Non potevo dimenticare neanche mio fratello diciottenne, che faceva sempre rumore a casa. Nonostante ciò, c'è stata una persona che ha reso l'idea di partire un po' più semplice: la mia migliore amica, Leyla. Al momento stavo dai miei nonni. Mio zio e mia zia vivevano nelle vicinanze con i loro quattro figli, e mio zio lavorava nelle forze di polizia, ed è così che ho ottenuto questo tirocinio.

Mentre percorrevamo la strada principale, guardavo fuori dal finestrino, completamente annoiato. Lo scenario sembrava un confuso di case, strade e una stazione ferroviaria. Lo stesso vecchio, lo stesso vecchio. Ma poi, all'improvviso, qualcosa attirò la mia attenzione. "Lo compreremo!" La voce di Lenni ruppe la monotonia e io alzai la testa di scatto, sorpreso. C'era uno scooterista che sfrecciava lungo la strada. Finalmente qualcosa che non fossero solo case!

Abbiamo fatto una brusca svolta in un parcheggio e abbiamo segnalato allo scooterista di accostare. "Patente e documenti del veicolo, per favore!" gridò Lenni con la sua severa voce da poliziotto. Il giovane lo derise, la sua voce ruvida e piena di atteggiamento, mandandomi un brivido lungo la schiena. L'accento del sud era forte, ma c'era qualcos'altro nel suo tono che non riuscivo a individuare. Si tolse l'elmo e mi rimase il fiato in gola. Per un momento, quasi inciampai nei miei piedi mentre mi avvicinavo a lui.

Mi sono ripreso rapidamente, costringendomi a concentrarmi. Era incredibilmente attraente, con capelli corvini, pelle che alludeva alle sue radici meridionali e occhi che erano esattamente l'opposto di quello che mi aspettavo. Invece del caldo marrone cioccolato che mi aspettavo, ho incontrato penetranti occhi blu ghiaccio che sembravano brillare di curiosità e sorpresa. Non poteva avere più di 17 anni, ma il modo in cui si comportava lo faceva sembrare molto più maturo. Alto circa un metro e ottanta, la sua corporatura muscolosa rendeva chiaro che non era qualcuno con cui scherzare. Eppure, eccolo lì, che mi sorrideva con un sorriso sfacciato, quasi malizioso, che metteva in mostra denti bianchi e perfetti.

Non ho potuto fare a meno di sorridere, in linea con la sua espressione sfacciata. Lanciai un'occhiata al suo scooter e dovetti reprimere un sorriso. Era ovvio che la sua guida era stata ampiamente modificata: mio cugino mi aveva recentemente mostrato come appariva uno scooter come questo quando veniva messo a punto al massimo. Ho dato un colpetto al lato del suo scooter e ho mormorato: "Bello scooter".

Mi ha lanciato uno sguardo che diceva chiaramente: "Non dire niente", ma il messaggio era troppo chiaro per non notarlo. Alzai un sopracciglio in risposta, sfidandolo silenziosamente a sfidarmi. I suoi occhi si spostarono da me allo scooter, chiaramente incerti su cosa avrei potuto fare dopo. Il pensiero mi ha attraversato la mente: devo denunciarlo? Dovrei rispettare le regole o dargli una pausa? Il mio dibattito interiore infuriava, ma alla fine ho deciso che era la mia "giornata sociale" e non sarei stata io a rovinargli il divertimento.

Il suo sguardo era ancora intenso, in attesa della mia decisione. Lo lasciai stufare per un momento prima di scuotere finalmente la testa, lanciandogli un sorriso affettuoso. Il sollievo lo travolse e potevo quasi vedere la tensione evaporare dalle sue spalle. Lenni, accorgendosi del momento, gridò: "Va tutto bene?"

Non ho potuto resistere al sarcasmo nella mia voce mentre rispondevo: "Sì, è tutto assolutamente normale!" Lenni sembrava crederci, anche se il ragazzo accanto a me continuava a guardarmi con diffidenza, probabilmente chiedendosi se stavo per tradirlo.

Ho fatto il giro dello scooter, prendendomi il tempo per esaminarlo. Stando accanto al ragazzo, ho detto abbastanza forte perché potesse sentire: "Sei fortunato che è il mio giorno sociale, altrimenti perderesti la patente e lo scooter. Quindi, comportati bene". Mi sorrise, una luce divertita nei suoi occhi. "Come fai a sapere che c'è qualcosa che non va nel mio scooter?"

Non ho potuto fare a meno di sorridere dolcemente. "Beh, diciamo solo che ho visto abbastanza scooter truccati per riconoscerne uno quando lo vedo." La sua espressione cambiò, sia sorpresa che impressionata dal fatto che una ragazza come me sapesse così tanto sugli scooter.

Sono tornato da Lenni dicendogli: "Va tutto bene!" sperando che non sospettasse nulla. Mi fece un leggero cenno e restituì i documenti al ragazzo, che li afferrò con evidente sollievo. Mi stava ancora guardando con gratitudine negli occhi, anche se dovevo lottare per reprimere la risata.

Lenni salutò il ragazzo, scusandosi per la sosta, prima di tornare alla macchina. Rimasi lì, improvvisamente incerto su cosa dire. Normalmente non ero mai a corto di parole, ma stare di fronte a questo ragazzo mi faceva sentire diverso. Mi sorrise, il tipo di sorriso che sembrava illuminare anche il cielo opaco e nuvoloso. I suoi occhi azzurri brillavano mentre parlava: "Grazie. Grazie per non avermi denunciato. Questo significa molto per me.

Sbattei le palpebre, sorpreso dalla sua sincerità. Senza pensarci, ho esclamato: "Wow, un macho italiano che sa dire grazie. Non me lo sarei mai aspettato!" Ridacchiò e potei vedere il divertimento danzare nei suoi occhi.

"Beh, forse è perché non sono solo italiano", ha detto, trasformando il suo sorriso in uno più giocoso. "Ti ringrazierò ancora. Spero che ci incontreremo di nuovo un giorno.

Detto questo, si è messo il casco, è saltato sullo scooter e si è allontanato salutandomi un'ultima volta. Rimasi lì per un momento, sentendo uno strano calore diffondersi dentro di me, come se la sua presenza avesse lasciato un'impronta nella mia giornata.

Tornando all'auto di pattuglia, mi sono infilato sul sedile del passeggero, ancora un po' stordito dall'incontro. Non avevo idea di chi fosse quel ragazzo, ma in qualche modo mi sentivo a mio agio con lui, cosa che raramente provavo con gli estranei. Non vedevo l'ora di raccontare a Leyla l'esperienza.

La voce di Lenni mi ha riportato alla realtà. "Un'altra fermata e, ancora una volta, niente di interessante", ha detto con un sospiro. Ma non potevo fare a meno di sorridere tra me e me. Avevamo sicuramente trovato qualcosa oggi, anche se, ovviamente, Lenni non ne aveva idea.

Presente:
Ero completamente sbalordito. Non avrei mai pensato di rivederlo, eppure eccolo lì, in piedi proprio di fronte alla nostra classe, guardandosi intorno con un'espressione annoiata. Lo shock mi ha colpito duramente e per un momento non potevo crederci. Ricordavo ancora il nostro primo incontro come se fosse successo solo ieri, anche se era passato quasi un anno e mezzo. Allora desideravo disperatamente rivederlo, ma ciò non è mai accaduto, nonostante io e la mia migliore amica Leyla avessimo il piano perfetto per realizzarlo.

Leyla è sempre stata la mia migliore amica, molto prima che mi trasferissi. In realtà ci siamo conosciuti tramite mio cugino. Lei usciva con lui da due mesi, ma tra loro le cose non funzionavano. Da quel momento io e Leyla diventammo inseparabili. Eravamo come anime gemelle, sapevamo sempre esattamente come si sentiva l'altro, anche senza dire una parola. Anche adesso, potevo sentire il suo sguardo su di me, il suo sguardo interrogativo che tagliava lo shock sul mio viso. La guardai, ancora con gli occhi spalancati, e lei capì immediatamente cosa stavo pensando. Il ragazzo in piedi davanti alla classe era lo stesso che avevo tanto desiderato rivedere dopo quel primo incontro.

Lo studiai da vicino, cercando di cogliere i cambiamenti. Era diverso, eppure uguale in molti sensi. I suoi capelli neri erano ancora belli come li ricordavo, anche se ora gli ricadevano selvaggi sulla fronte in un modo al tempo stesso freddo e ribelle. Sembrava naturale, quasi come se appartenesse a qualcuno a cui non importavano le regole, qualcuno che prosperava al limite. Ma c'era anche qualcosa in questo che lo faceva sembrare distante, quasi come se portasse un peso.

I suoi occhi erano dello stesso penetrante azzurro ghiaccio che mi aveva affascinato fin dall'inizio. Ma ora c'era qualcosa di più in loro, qualcosa di più oscuro. Il suo viso, una volta pieno di vita, ora sembrava quasi vuoto, sopprimendo ogni emozione. Eppure, nei suoi occhi, potevo vedere le deboli tracce di dolore, sofferenza e rabbia. Il cambiamento in lui era innegabile. Una volta irradiava felicità e gioia, ma ora tutto ciò che potevo percepire era un dolore profondo e pesante.

Cosa gli era successo? Cosa potrebbe aver causato un cambiamento così drastico? Le persone non si trasformano in quel modo a meno che qualcosa di enorme non le abbia scosse. Era sempre stato forte, ma ora sembrava ancora più muscoloso, se possibile. Il suo corpo sembrava essere stato scolpito nella pietra, e il suo viso... beh, era il tipo di viso che avrebbe reso geloso persino Adone. Non si poteva negarlo: adesso era pericoloso. L'aura attorno a lui era quasi minacciosa, e non potevo fare a meno di pensare che se mai avesse dovuto combattere, avrebbe vinto, senza fare domande.

Lo fissai, incapace di distogliere lo sguardo. La sua espressione era illeggibile, dura e quasi arrogante. Adesso c'era un senso di superiorità in lui, un'aria condiscendente che suggeriva che ne avesse passate tante e ne fosse uscito con un colpo sulla spalla. A volte era quasi spaventoso.

Leyla mi diede una forte gomitata, ricordandomi che lo stavo fissando da troppo tempo. Uscii dalla trance, sentendomi un po' imbarazzato, e rivolsi rapidamente lo sguardo in avanti. La nostra insegnante, la signora Walter, ha invitato il ragazzo a presentarsi. Lui annuì con nonchalance, quello stesso sorriso malizioso all'angolo delle sue labbra. Era il tipo di sorriso che ti diceva che stava tramando qualcosa, qualcosa di pericoloso, e per un secondo non potevo fare a meno di chiedermi quanto fosse cambiato dall'ultima volta che l'avevo visto.

**Luigi:**

Dove diavolo sono? Mio padre voleva davvero che tornassi a scuola, ma questo posto? Sul serio? Ha sempre buone intenzioni, ma questa scuola per me è praticamente inutile. Non c'è quasi nulla qui che possa essere di reale beneficio, tranne forse, e dico forse, potrei divertirmi un po' a rimorchiare qualche ragazza. È qualcosa a cui pensare più tardi, ma per ora probabilmente dovrei presentarmi al gruppo di persone che mi fissano. Bene, diamo una scossa un po' a questo posto.

"Non c'è molto da dire, in realtà", ho iniziato, sentendo gli occhi dell'intera classe puntati su di me. "Sono Louis. Ho appena compiuto 18 anni e mio padre pensa che sia una buona idea per me tornare a scuola. Quindi eccomi qui. Quando non sono qui, passo il mio tempo a spacciare droga, e il resto del mio tempo è occupato da qualunque cosa io e i miei amici facciamo. E, beh, mi diverto ancora molto con le donne... ma non sono molto esigente a riguardo."

Ho rivolto alla classe un sorriso diabolico, poi ho rivolto la mia attenzione alla signora Walter, osservandola. Non era poi così male, in realtà. Immagino che avesse circa 29 anni, ma i suoi vestiti la facevano sembrare molto più vecchia. Il suo corpo era decente, ma preferirei scegliere ragazze più vicine alla mia età. La signora Walter si schiarì la voce, cercando di riprendere il controllo della classe, e chiese se qualcuno avesse qualche domanda. Una dozzina di ragazze hanno immediatamente alzato la mano. Mi è piaciuto.

Ho esaminato la classe e poi ho incrociato gli occhi con la prima ragazza che ho visto. "Hai una ragazza?" chiesi con un sorrisetto malizioso.

"No, non adesso. Ma sono aperto a divertirmi. Se arriva quello giusto, forse mi sistemerò. Ma non credo nel vero amore".

Prima che potessi rispondere, ho sentito alcuni commenti sprezzanti dall'ultima fila. Mi sono voltato e ho visto due ragazze che ridacchiavano, chiaramente prendendomi in giro. Una di loro mi sembrava familiare, ma non riuscivo a collocarla del tutto. Alzò la testa e catturò il mio sguardo con un sorriso sornione. Poi, alzò la mano. Alzai un sopracciglio.

"Oh no, scusa, ma è un po' troppo personale per essere una domanda", dissi, fingendo di ignorarla.

Lei sorrise, impassibile. "No, va bene. Farò la domanda e tu potrai decidere se è troppo personale.

Lei e la sua amica si scambiarono uno sguardo, e poi parlò la ragazza dal sorriso sornione. "Da quando gli italiani hanno gli occhi blu ghiaccio?"

La domanda mi colse di sorpresa, ma non avevo intenzione di darlo a vedere. "Come ti è venuta in mente?" chiesi fingendomi incuriosito.

Si scambiarono di nuovo un'occhiata, sorridendo come se stessero aspettando che facessi proprio quella domanda. Leyla, questo era il suo nome, si sporse in avanti e sorrise. "Ebbene, da quando gli italiani hanno gli occhi blu ghiaccio?"

Mi aspettavo che dicesse qualcosa del genere, quindi ho sorriso e ho risposto: "Beh, se indossassi lenti a contatto marroni, potrei almeno negare parte della mia nazionalità".

Leyla non sembrava affatto sorpresa, come se sapesse esattamente cosa avrei detto. Una voce dall'ultima fila gridò: "Allora di dove sei?"

Ho rivolto loro un sorriso arrogante. "Come ha detto Leyla, ho principalmente radici italiane, ma ho anche un po' di sangue americano e finlandese in me."

La mascella di Leyla cadde. L'altra ragazza era praticamente in lacrime dal ridere. Poi la signora Walter, che avevo completamente dimenticato fosse ancora nella stanza, si schiarì la voce e disse: "Per ora basta domande. Avrete tutto il tempo per conoscervi. Ma non nella mia classe. Puoi sederti accanto a Tiffany.

Tiffany era la ragazza seduta accanto a me. Sembrava la tipica ragazza carina, ma avevo già deciso di sfruttare al massimo questo inferno di scuola.

Mi sono seduto accanto a Tiffany, ed è stato allora che ho notato che ero seduto accanto alla ragazza che era seduta accanto a Leyla. Leyla mi guardò come se avesse visto un fantasma, ancora in fase di elaborazione su quello che era appena successo. La sua amica, che era anche lei meravigliosa, non riuscì a trattenere le risate e quasi cadde dalla sedia.

Poi, come se le cose non fossero abbastanza complicate, la porta si è aperta ed è entrato un altro bel ragazzo. A quanto pare, le due ragazze accanto a me si erano calmate perché ho sentito Leyla sibilare ad alta voce alla sua amica: "Oh fantastico, possiamo non otterrò nemmeno un giorno di pace da lui. Qual è la prossima cosa, un autobus che lo investe?"

Mi sono voltato per vedere il nuovo ragazzo e non ho capito quale fosse il problema. Sembrava un modello, per dirla tutta. Probabilmente le ragazze gli cadrebbero addosso, proprio come hanno fatto con me. Aveva i capelli neri, era alto, muscoloso e, a giudicare dall'accento e dall'aspetto, probabilmente anche italiano. Ma quando parlò, notai qualcos'altro: i suoi occhi grigio chiaro.

Lui sorrise e disse: "Finalmente qualcuno che capisce! Posso sedermi accanto a te?"

Ho sorriso e annuito. Alla signora Walter non sembrava importare, probabilmente prendeva appunti o qualcosa del genere. Il nuovo ragazzo andò dietro e sussurrò qualcosa a Tiffany, che improvvisamente sembrò inorridita e si spostò su un altro posto.

"Ehi, sono Ryan. Bello avere un altro italiano qui!" ha detto.

Ho sorriso e ho detto: "Sì, questo posto è diventato un po' più interessante".

Ryan si sedette e sentii Leyla gemere accanto a me. Ryan si è avvicinato e mi ha salutato con un sorriso. "Ehi, Sierra, Leyla!"

Sierra, l'altra ragazza, lo salutò di rimando, ma Leyla gli lanciò un'occhiata come se volesse strangolarlo. I suoi occhi erano freddi come il ghiaccio e mi guardò con disgusto. Ma Sierra, d'altro canto, mi guardava con curiosità, e sembrava che mi stesse valutando.

Ryan si appoggiò allo schienale e si voltò verso di me, con uno scintillio malizioso negli occhi. "Allora, cos'altro hai oltre alle radici italiane?"

Alzai un sopracciglio. "Metà italiana, un quarto americana e un quarto finlandese."

Ryan sorrise. "Carino. Non c'è da stupirsi che Leyla non ti sopporti.»

Ero confuso. "Aspetta, cosa intendi?"

Ryan sorrise come se avesse tutte le risposte. "Non lo sapevi? Anche Leyla è per metà finlandese, e non pensa che la feccia come noi appartenga alla sua stessa nazionalità.»

I miei occhi si spalancarono. "Leyla è per metà finlandese? Non sembra.»

Ryan ridacchiò. "Lo nasconde bene. Ma credimi, ce l'ha dentro.

Guardai di nuovo Leyla. Non sembrava avere sangue finlandese in sé, ma ancora una volta si teneva chiusa. La sua amica Sierra, però, era una storia diversa. Sembrava più aperta, ma comunque guardinga. Ryan continuava a parlare.

«Anche la Sierra è un tipo duro. Ha un guscio duro, ma c'è qualcosa in lei. È stata ferita in passato, e ora sta cercando di comportarsi bene. Ma non provare nulla. Non vuoi scherzare con lei.

Non potevo farci niente. Ero incuriosito. "La farò mia. La porterò a letto tra due mesi.

Ryan rise. "Voi? Amico, non sai contro cosa ti trovi. Tutti i miei amici ci hanno provato e hanno fallito. Ma se ci riesci, rimarrò impressionato. Cosa ottengo se non ce la fai?"

Ho pensato per un momento. "Chi perde deve comprare all'altro una moto nuova."

Il sorriso di Ryan si allargò. "Stai puntando in alto. Va bene, la scommessa è aperta.

Stavo iniziando a chiedermi in che tipo di pasticcio mi ero cacciato. Ma non avevo intenzione di tirarmi indietro adesso. Sarebbe stato divertente.

# Tra le tempeste

**Sierra:**

È stato davvero sorprendente avere il mio nuovo-vecchio amico seduto proprio accanto a me. Sembrava quasi surreale, come se dovessi continuare a guardarlo per assicurarmi di non stare sognando. Ma, per quanto grandioso fosse, c'era un grosso problema. Ryan aveva deciso di sedersi accanto a lui, il che significava che era praticamente anche lui accanto a Leyla. Ed eccomi lì, bloccato seduto in mezzo a loro, il che mi ha fatto sentire come se fossi nel mezzo di una bomba a orologeria. Non aiutava il fatto che Leyla e Ryan avessero sempre questa tensione continua, soprattutto quando si trattava di stare vicini. Frequentavano tutte le lezioni insieme e Leyla si assicurava sempre di sedersi il più lontano possibile da lui. Ryan, d'altra parte, era sempre alla ricerca di modi per discutere con lei, anche se lei non lo sopportava. Era come se fossero destinati a scontrarsi.

Potevo già dire che qualcosa non andava, però. Leyla era furiosa dentro, facendo del suo meglio per non esplodere. I suoi occhi sparavano praticamente pugnali e sapevo che chiunque avesse osato incrociare la sua strada in quel momento si sarebbe trovato in un momento difficile. Le lanciai un'occhiata, sapendo che quando Leyla era arrabbiata, niente poteva fermarla.

Leyla e io eravamo come sorelle da quando l'ho conosciuta tramite mio cugino. È stato un legame che abbiamo stretto all'istante e da allora siamo stati inseparabili. Aveva perso sua sorella quando aveva solo quattro anni e, sebbene fosse qualcosa che le pesava molto, non aveva mai avuto la possibilità di elaborarlo. Aveva un fratello, ma rispetto a me, che avevo la fortuna di avere due fratelli minori e un fratello maggiore ora al college, la situazione familiare di Leyla era un po' diversa.

Ora, potresti pensare che io e Leyla avessimo un sacco di fidanzati, ma ti sbaglieresti completamente. Mio cugino era uscito con Leyla per un po', ma non aveva funzionato e si erano lasciati in buoni rapporti. Quanto a me, il mio primo ragazzo era in realtà il migliore amico di mio cugino. Non durò a lungo, però, e alla fine si allontanò. Per un po' ho pensato che Leyla potesse provare dei sentimenti per Ryan, motivo per cui litigava sempre con lui, ma non ne ero più così sicura. Provava un odio speciale per chiunque diventasse amico di Ryan, soprattutto se era finlandese. Chiunque in quella cerchia finiva automaticamente nella sua lista dei risultati.

Ma nemmeno io ero più sicuro di cosa stesse succedendo. Aveva litigato molto con Ryan per qualcosa di ridicolo, e non ero nemmeno sicuro che questa volta si sbagliasse. La campana suonò, segnalando l'ora della pausa, e ci avviammo verso la mensa.

Quando Leyla si arrabbiava con qualcuno, aveva la resistenza di un maratoneta. Oggi, era impegnata in uno dei suoi sfoghi, continuando a parlare di quanto Ryan fosse un idiota e perché diavolo avesse avuto l'audacia di sedersi accanto a lei e parlarle. Le ho semplicemente sorriso e annuito, lasciandola sfogare. Sapevo che le ci sarebbe voluto un po' per togliersi tutto dal suo sistema.

Quando siamo arrivati alla mensa, non era ancora del tutto pronta, ma siamo stati interrotti da due idioti familiari che stavano proprio di fronte a noi. Se Leyla era arrabbiata con qualcuno, era meglio evitarlo per le successive 24 ore, a meno che non si volesse rischiare la vita. E il fatto che uno di loro fosse Ryan non aiutava le cose.

"Stai parlando di noi?" chiese Ryan, la sua voce grondava arroganza. Ho provato a intervenire, pensando di trascinare Leyla fuori dalla mensa, ma Leyla non ne voleva sapere. Era determinata ad affrontarli.

"Sì, certo, Ryan, il mondo ruota attorno al tuo stupido piccolo ego. Mi piacerebbe che ti soffocassi con i tuoi stupidi commenti, bastardo! sbottò Leyla, la sua furia evidente. E con ciò la tempesta era ufficialmente iniziata e ormai non c'era più modo di fermarla.

Ryan, chiaramente sbalordito, chiese: "Perché voi due litigate sempre?"

Prima ancora che potessi rispondere, ero già di cattivo umore. Gli ho sibilato: "Come se fossero affari tuoi, e perché diavolo mi parli?"

Ryan, visibilmente irritato, cercò di ignorare la cosa. "Wow, calmati! Era solo una piccola domanda!"

Ho risposto: "Calmati? Mentre Leyla e Ryan litigano per l'ennesima volta quest'anno? Sì, sembra una buona idea.

Mia Bella, una voce interrotta, parlando con un leggero accento italiano, "La vita è troppo breve per essere arrabbiato per i tuoi amici."

All'inizio mi sentivo lusingato, ma poi ero arrabbiato con me stesso per essermi sentito così. Perché ero rimasto così affascinato dalle sue parole? Forse avrei dovuto prendere l'italiano invece dello spagnolo a scuola.

"Che diavolo pensi di fare, dicendomi cosa fare? E cosa significa quella sciocchezza di "Mia Bella"?" gli ho gridato, completamente infastidito.

Proprio mentre stavo per perdere la testa, si è sentito un urlo di rabbia e qualcuno mi ha afferrato, trascinandomi fuori dalla mensa. Gemetti dentro di me. Fantastico, ora dovevo ascoltare Leyla sbraitare su questa cosa tutto il giorno.

Una volta fuori dalla mensa, ci siamo imbattuti in mio cugino e nel suo amico Lucas. Lucas aveva una cotta enorme per Leyla, ma lei non aveva alcun interesse per lui. Gli diede una rapida spinta e corse verso i nostri armadietti, ancora furiosa.

Mio cugino mi guardò con pietà negli occhi e chiese: "Ancora Ryan?"

Alzai gli occhi al cielo, chiaramente stufo. Tutti sapevano delle continue discussioni tra Leyla e Ryan.

Annuì comprensivo e disse: "Buona fortuna", prima che partissi dietro a Leyla.

A quel punto, sapevo che il resto della giornata sarebbe stato lungo, pieno di tensioni e discussioni infinite, e probabilmente sarei rimasto bloccato nel mezzo di tutto ciò.

**Luigi:**

Lanciai un'occhiata a Ryan, che era seduto lì con un'espressione compiaciuta, fissando dritto davanti a sé. Incuriosito dalla tensione tra lui e Leyla, ho deciso di chiedere. "Perché tu e Leyla litigate sempre?" Ho chiesto, sperando di avere un'idea della situazione. Dato che non ero riuscito a ottenere nulla da Sierra, forse Ryan sarebbe stato più disponibile.

Ryan alzò le spalle con nonchalance, ancora con quell'espressione compiaciuta sul viso. "Tra noi è proprio così. È sempre stato così," disse con tono disinvolto.

Non ero convinto. "Ci deve essere qualcosa di più di questo," insistetti, ansioso di sentire cosa aveva da dire. La sua risposta fu evasiva, ma ero determinato ad andare a fondo della questione.

Ryan sembrò esitare per un momento prima di parlare di nuovo, e quando lo fece, le parole che ne uscirono mi colsero di sorpresa. "Beh, in realtà eravamo migliori amici alle elementari," iniziò, con uno scintillio malizioso nei suoi occhi. "Ma poi l'ho smascherata una volta davanti a tutta la scuola, e da allora mi ha odiato. Penso che sia davvero divertente discutere con lei adesso."

Non potevo credere a quello che stavo sentendo. "Migliori amici?" ripetei, alzando la voce incredula. Le parole sembravano impossibili da conciliare con l'animosità tra loro. "Stai scherzando? Ho sempre avuto la sensazione che preferirebbe vederti morto!" La mia mente correva, cercando di elaborare ciò che Ryan aveva appena ammesso. Come poteva essere il suo migliore amico e poi fare qualcosa di così crudele?

Ryan, apparentemente divertito dalla mia reazione, mi fece un sorriso sornione ma sembrò anche studiarmi per un momento, forse cercando di valutare se ero qualcuno con cui poteva confidarsi. Abbassò lo sguardo sul pavimento, un gesto che sembrava stranamente fuori luogo. posto per uno come lui, tipicamente l'italiano fiducioso e arrogante.

"Te lo dirò un'altra volta," mormorò sottovoce, ritornando rapidamente al suo solito comportamento da macho. Il suo sorriso tornò e mi guardò con un'aria di disinvolta sicurezza. "Comunque ti presento i miei amici."

Mentre stavo ancora elaborando le sue parole, annuii, un po' confusa dall'intero scambio. Cosa era successo tra lui e Leyla da rendere la loro relazione così tossica? Ho seguito Ryan al tavolo vicino dove erano riuniti i suoi amici, con la mente piena di domande. Apparentemente c'erano solo altri sei italiani in questa scuola, contando Ryan e me. Quattro di loro erano un anno sotto di noi e gli altri due, che si presentavano come Paco e Antonio, erano della nostra classe.

Mentre Ryan salutava i suoi amici, non potevo fare a meno di sentirmi ancora più perplesso dalla complicata rete di relazioni intorno a me. I misteri su Ryan e Leyla, Sierra e persino sul mio posto in tutto questo cominciavano ad accumularsi. Avrei mai avuto le risposte che cercavo? Oppure ero destinato a rimanere intrappolato nel caos delle loro vite?

# Tensioni aggrovigliate

**Sierra:**

Quando ho raggiunto Leyla ai nostri armadietti, l'ho trovata seduta sul pavimento, lo sguardo fisso in lontananza, un'espressione esasperata sul viso. Senza dire una parola, mi sono seduto accanto a lei, lasciandole lo spazio per raccogliere i suoi pensieri. Il silenzio tra noi era più pesante di quanto mi aspettassi. Notai, tuttavia, che c'era qualcos'altro che le pesava nella mente, qualcosa di molto più profondo delle semplici discussioni costanti con Ryan. Era chiaro che era da un po' che non ci prendevamo il tempo per parlare veramente.

"Cosa sta succedendo?" chiesi, con voce gentile ma preoccupata.

Leyla mi guardò, le sue labbra arricciate in un debole sorriso. "Hai ragione. Non è solo Ryan. Non vale tutto questo trambusto." La sua voce era intrisa di una tristezza che non potevo ignorare. "Ma hai anche ragione, c'è di più dietro questo."

Alzai un sopracciglio, aspettando che continuasse. "Va bene, allora dimmi. Che succede?"

Sospirò, le sue spalle crollarono per la frustrazione. "Non è solo Ryan," disse dolcemente, la sua voce appena sopra un sussurro. "I miei genitori hanno saputo dei nostri litigi quotidiani e ora vogliono parlare con il preside o, peggio, mandarmi in collegio. Ma questa non è nemmeno la parte peggiore. Il mio fratellino è vittima di bullismo ogni singolo giorno a scuola. scuola, e mamma e papà sembrano non preoccuparsene affatto." Distolse lo sguardo, come se il peso di tutto ciò fosse diventato troppo da sopportare.

La fissai scioccato. Collegio? Leila? Non potevo immaginare che venisse mandata via, non adesso, non quando avevo più bisogno di lei. Il pensiero di affrontare il mio ultimo anno senza lei al mio fianco sembrava un futuro insopportabile.

"Aspetta," riuscii finalmente, con la voce tremante. "Non possono mandarti in collegio, Leyla. Non puoi andarci."

Lei sorrise debolmente. "Lo so. Mi sento allo stesso modo. Ma non è che io abbia voce in capitolo."

Potevo sentire il cuore che mi batteva forte nel petto, ma cercai di mascherarlo con un sospiro, esortandola a continuare.

"Okay, ti ho detto la mia roba," disse Leyla, cambiando argomento, stringendo gli occhi. "Ora tocca a te. Cosa ti succede?"

Ho esitato per un momento, il peso delle mie lotte mi è sembrato improvvisamente più pesante del solito. "I miei genitori mi infastidiscono sempre riguardo ai miei voti," ho cominciato, mentre le parole mi uscivano fuori prima che potessi fermarle. "Mi paragonano sempre a mio fratello maggiore. Era perfetto, faceva sempre tutto. Pensano che io sia pigro, che mi distragga facilmente e che semplicemente non mi impegni abbastanza. E mio fratello maggiore? Non mi aiuta. Invece di sostenermi, lui mi prende di mira e peggiora le cose. A volte vorrei che andasse lontano, al college, e mi lasciasse in pace."

Ci fu una lunga pausa e potevo sentire le mie parole sospese nell'aria tra di noi. Non mi ero mai aperta così con nessuno prima, ma con Leyla mi sembrava giusto. Lei era l'unica che capiva veramente.

Il suono improvviso del campanello mi distolse dai miei pensieri. Gememmo entrambi, rendendoci conto che era ora di andare in classe. La giornata era appena iniziata e già sembrava che ci avesse messo a dura prova.

Leyla si alzò con un sospiro, asciugandosi le mani sui jeans. "Merda," mormorò sottovoce. Non ho potuto fare a meno di ridacchiare; la sua schiettezza riusciva sempre a farmi sorridere, anche quando le cose sembravano cupe.

Ci siamo diretti rapidamente alla lezione successiva: Storia. L'argomento che entrambi detestavamo più di ogni altra cosa. Non era solo perché ci annoiava fino alle lacrime; era anche perché avevamo sempre la sensazione che neanche agli insegnanti importasse molto di noi. Oggi ho avuto la sensazione che il nostro rapporto con questa classe stesse per peggiorare.

Appena entrati, siamo stati accolti dal nostro insegnante, il signor Mittermaier, che non ha perso tempo nel rispondere al nostro arrivo in ritardo. "Abbiamo già i nostri volontari", annunciò con uno sguardo severo. "Voi ragazze siete arrivate tardi e questi due signori," indicò Ryan e un altro ragazzo che non riconobbi, "hanno fatto abbastanza per disturbare la mia lezione. Farete una presentazione congiunta e vi farò sapere il argomento tra un attimo."

La mascella di Leyla cadde e io sentii il mio stomaco contorcersi. Questa giornata non potrebbe andare peggio, vero?

"NO!" esclamò Leyla incredula. Feci eco ai suoi pensieri con uno squittio inorridito. Presentarsi con Ryan? Era già abbastanza brutto essere costretti a passare del tempo con lui in classe, ma ora dovevamo lavorare insieme? Sentivo già che la tensione cresceva e sapevo che non ne sarebbe venuto fuori nulla di buono.

Mi guardai intorno, cercando di elaborare la situazione. Da un lato, era positivo che io e Leyla lavorassimo insieme, ma ciò non compensava il fatto che avremmo dovuto avere a che fare con Ryan. Ogni volta che quei due si trovavano a meno di un metro l'uno dall'altro, l'aria scoppiettava di animosità. E a peggiorare le cose, ora lavoravo con il "nuovo, vecchio ragazzo", quello che era allo stesso tempo frustrante e fastidiosamente attraente. Non riuscivo a capirlo, ma sapevo per certo che questo progetto sarebbe stato un grattacapo.

Non avevamo altra scelta che farla finita, ma mi sentivo combattuto. Se Leyla e io avessimo avuto un'accesa discussione durante la presentazione, ciò avrebbe potuto confermare i sospetti dei suoi genitori e portare lei a essere mandata via. Per me, fallire in questo obiettivo non avrebbe fatto altro che aggiungere carburante alle già cocenti frustrazioni dei miei genitori riguardo al mio rendimento scolastico. Nessuno di noi poteva permettersi che le cose andassero male.

Guardai Leyla, che ora mi lanciava uno sguardo incerto. La sua solita spavalderia era sbiadita in qualcosa di molto più oscuro. Cosa avremmo dovuto fare adesso?

La voce del signor Mittermaier interruppe i miei pensieri, riportandomi alla realtà. "Se voi ragazze finalmente vi sedeste e smetteste di disturbare la mia lezione, potreste iniziare." Non sembrava importargli che chiaramente non fossimo entusiasti dell'accordo.

Leyla, nel suo solito stile ribelle, mormorò: "Sì, certo" e si lasciò cadere su una sedia, con la voce grondante di sarcasmo. Mi sono seduto accanto a lei ed entrambi abbiamo cercato di assumere una facciata di indifferenza, ma dentro di noi temevamo entrambi ciò che sarebbe successo.

Mentre prendevamo posto, non potevo credere a come si stava svolgendo questa seconda settimana dell'ultimo anno. Cosa avevo fatto per meritarmi questo? Questo doveva essere il nostro ultimo anno, quello a cui potevamo guardare indietro con orgoglio, ma invece sembrava che tutto stesse andando a pezzi.

**Luigi:**

Oh, quest'uomo aveva davvero un talento nel far sembrare tutto come la fine del mondo. La lezione era appena iniziata e già ci veniva detto di una grande presentazione. Per prima cosa ha chiesto chi nella classe avrebbe fatto volontariato e, ovviamente, una dozzina di ragazze si sono iscritte con entusiasmo. Stavamo per scegliere quelli più belli e intelligenti quando, dal nulla, la porta si spalancò ed entrarono Leyla e Sierra. Ebbene, sembrava che il signor Mittermeier avesse avuto un'illuminazione perché, con uno svolazzo drammatico, indicò loro due. Il modo in cui hanno reagito sembrava uscito da un film commedia. La bocca di Leyla si spalancò incredula e Sierra emise un acuto, quasi dolce, "No!" Ma non c'era alcun vero potere dietro le sue parole. Sembrava che entrambi stessero per svenire, con gli occhi spalancati per lo shock e la paura, come se avessero appena ricevuto una notizia terribile che gli avrebbe cambiato la vita.

Internamente, potevo quasi sentirli scrivere mentalmente il loro testamento. E onestamente, anche se non ero entusiasta di essere costretto a una presentazione con loro due, ha funzionato a mio favore. Dopotutto, avevo quella scommessa a cui pensare. Ho lanciato un'occhiata a Ryan e, vedendo la sua espressione, ho capito che aveva capito esattamente cosa stavo pensando. Mi fece un sorriso compiaciuto, il tipo che indossava sempre quando pensava di averne uno su qualcuno.

Nel frattempo, il signor Mittermeier, sempre ignaro, ordinò con calma alle ragazze di sedersi e, in un momento surreale, sia Leyla che Sierra si diressero verso i banchi, ancora stordite e ammutolite. Sierra mi ha lanciato un'occhiata e ho incontrato il suo sguardo con uno sguardo sottile e cospiratorio. Oh no. Non avevo intenzione di comprare una moto a Ryan in due mesi solo per una piccola scommessa. La presentazione, se gestita correttamente, potrebbe tirarmi fuori dai guai. Finché Ryan e Leyla non cominciano a farsi a pezzi a vicenda, ovviamente. I due avrebbero dovuto essere rinchiusi in una stanza insieme finché non avessero risolto i loro problemi o si fossero uccisi a vicenda.

La lezione procedeva a un ritmo terribilmente lento. Lo giuro, ho pensato che sarei morto di noia almeno tre volte prima di passare finalmente a qualcosa di più interessante. Dopo quella che sembrava un'eternità, ci è stato detto di presentarci e scegliere il nostro argomento per la presentazione. "Tutto sulla mitologia greca". Veramente? Che razza di argomento noioso era quello? Ho lanciato un'occhiata alle ragazze, che stavano scarabocchiando appunti come se la loro vita dipendesse da questo. Nel frattempo, facevo affidamento sul mio cervello e sulla mia memoria per andare avanti. Non c'era bisogno che prendessi appunti; Avevo questo coperto.

Leyla e Sierra, ancora con l'aspetto di chi aveva appena saputo che sarebbero state giustiziate, si mosse per andarsene non appena la lezione finì. Ma io e Ryan, avendo un piano diverso, abbiamo deciso di incontrarci in biblioteca alle tre per sistemare tutta la faccenda. Ho afferrato il braccio di Sierra e lei si è girata all'istante, con gli occhi che lampeggiavano di sorpresa e irritazione. "Cosa vuoi, lasciami andare il braccio adesso!" sibilò, come se l'avessi appena tirata in una trappola. Ho sorriso pigramente e ho detto: "Prima di tutto, stai zitto e ascolta, e secondo, ci vediamo in biblioteca alle tre. E terzo, non si discute."

Prima che potesse protestare, io e Ryan ci siamo voltati e ci siamo allontanati, lasciando le due ragazze a ribollire nella loro frustrazione. Sapevo che non sarebbe stato facile, ma era un male necessario.

**Sierra:**

Bene, quello era un annuncio di cui avrei potuto facilmente fare a meno. Tutta la situazione mi irritava, ma sembrava che non avessimo altra scelta che accettarla. Leyla, seduta accanto a me, alzò gli occhi al cielo in un modo che poteva rivaleggiare con quello di un professionista. Era visibilmente furiosa, ed era chiaro che stava trattenendo la sua frustrazione, anche se sapevo che non sarebbe passato molto tempo prima che tutta venisse fuori. Abbiamo superato le ultime ore di lezione, contando i minuti fino a quando non saremmo finalmente potuti arrivare in biblioteca. Quando la campana suonò alle tre, ero pronto a farla finita.

Determinato a alleggerire l'atmosfera anche un po', ho pensato che avrei potuto sgranocchiare un pezzo di liquirizia, sperando che potesse frenare il mio fastidio, anche se non stava facendo molto. Leyla stava cercando, come al solito, di tenere sotto controllo la calma, ma ammettiamolo: fare affidamento sul fatto che lei non si arrabbiasse era un po' come sperare che un vulcano non eruttasse. Trovammo un posto sul divano in fondo alla biblioteca e aspettammo.

E ho aspettato.

Passò mezz'ora e proprio mentre stavo per esplodere per l'impazienza, finalmente arrivarono. Naturalmente, il loro grande ingresso è stato a dir poco un disastro.

"Scusate il ritardo, ma ci siamo persi nel cammino della vita!" La voce di Ryan tuonò, con Louis che sorrideva accanto a lui. Era come se stessero giocando a fare i clown della classe, e io ne avevo già abbastanza. Il mio umore stava rapidamente peggiorando mentre cercavo di trattenere la rabbia che ribolliva dentro di me. Ma con mia sorpresa, Leyla era calma, in modo quasi inquietante.

"Va bene, almeno sei qui adesso. Quindi cominciamo", disse in tono stranamente controllato. Sbattei le palpebre incredulo: Leyla riusciva davvero a mantenere la calma? Era come un superpotere o qualcosa del genere. Anche Ryan sembrava colto di sorpresa, con la bocca aperta. Ma, ovviamente, non durò a lungo. Riacquistò rapidamente la calma e rispose: "Okay, equilibrata Leyla, cosa sai della mitologia greca?"

La risposta di Leyla arrivò rapidamente e io sussultai. "Almeno più di te, idiota."

Oh no, sicuramente non avrebbe aiutato a calmare le cose. Se non altro, era come accendere un fiammifero in una stanza piena di benzina. Ho visto le scintille volare prima ancora che toccassero terra, e prima che potessi dire qualcosa, Leyla si stava già riscaldando. Dovevo intervenire, velocemente.

"Hoho, calmati", dissi velocemente, alzando le mani in un gesto di offerta di pace. "Forse il nostro novellino qui dovrebbe dirci cosa sa al riguardo."

Ryan non sembrava entusiasta del mio suggerimento e fece immediatamente marcia indietro. "Che ne dici di iniziare cercando prima qualche libro sull'argomento e poi leggendo un po'?"

Mi piaceva quell'idea, in realtà. È stato un ottimo modo per togliere la tensione a tutti e portare a termine effettivamente qualcosa. «Va bene, voi due restate qui», dissi, afferrando Leyla per il braccio e facendola alzare dal divano. «Allora andiamo a prendere i libri.»

Sembrava una piccola vittoria, ma non mi stavo prendendo in giro. Eravamo ancora al limite e non ci sarebbe voluto molto per far ripartire le cose. Con un misto di rassegnazione e determinazione, ci siamo diretti tra gli scaffali della biblioteca per trovare ciò di cui avevamo bisogno. Per quanto odiassi ammetterlo, questa presentazione si stava rivelando l'ultima delle mie preoccupazioni.

**Luigi:**

Mi sono rivolto a Ryan, un po' più serio questa volta. "Va bene, dimmi la verità: perché continui a denigrare Leyla in quel modo?" Lo vidi esitare per un momento, con gli occhi che tremolavano in modo imbarazzante. "Inizia sempre lei!" ribatté, cercando di sviare la domanda.

Non lo stavo comprando. "Non oggi. Oggi sei stato tu a dare il via alle cose. Lei non ha detto niente di offensivo né ha cercato di provocarti. Stava bene. Ma tu... tu l'hai messa giù per prima senza alcun motivo. Ogni volta che parla, sei già sulla difensiva. Cosa ti succede, Ryan? Qual è il vero problema?"

Capivo che non fosse facile per lui ammetterlo, ma alla fine sospirò profondamente, quasi sconfitto. Dopo una lunga pausa, mi guardò serio. "Va bene, ma se lo dici a qualcuno, giuro che te ne farò pentire," mi avvertì, con un tono insolitamente teso. Ho semplicemente annuito, intuendo quanto fosse difficile per lui. "Non dirò una parola. Dimmelo e basta."

Ryan sembrò raccogliere i suoi pensieri per un momento, e poi le parole uscirono, sorprendentemente vulnerabili. "Tutto è iniziato due anni fa. Io avevo 16 anni e Leyla 15. All'epoca non era esattamente la ragazza popolare ed era un po' paffuta. Quanto a me, beh, ero nella cosiddetta 'elite' Sono sempre stato di alto livello, sai? E Leyla ed io eravamo migliori amiche, ma poi le cose hanno iniziato a cambiare anch'io, ma non nel modo in cui dovrei Avevo paura di cosa avrebbe significato per la mia reputazione se la gente avesse saputo che eravamo più che amici, voglio dire, ero conosciuto per fare amicizia con tutti i tipi di ragazze, e uscire con lei avrebbe rovinato tutto sembro debole. Così, un giorno d'estate, dopo la scuola, stavamo proprio parlando dei nostri programmi per le vacanze. Il cortile della scuola era pieno di gente, la nostra folla, ed era un grosso problema anche solo per me parlare con lei davanti a tutti, figuriamoci stare fuori con lei.

Beh, voleva salutarmi con un bacio. E senza pensarci, io... l'ho spinta via. Ho gridato per tutto il cortile: "Allontanatevi da me!" Come se mai ti baciassi: chi vorrebbe baciare qualcuno grasso come te?'" La voce di Ryan vacillò mentre le parole restavano sospese nell'aria, e potevo vedere il peso di quello che aveva detto anche allora. "Tutti hanno riso, me compreso. E Leyla, lei... è scappata via piangendo. Non l'ho mai vista così prima. E da quel momento mi ha odiato e non la biasimo. Ho rovinato tutto."

Ero scioccato. Volevo ridere, ma non era divertente. Mi sono sentito disgustato e allo stesso tempo stranamente dispiaciuto per lui. "Wow. Che shock. Non mi sorprende che ti odi," dissi, scuotendo la testa. "Hai davvero fatto un casino, vero? Questo deve averla distrutta dentro. E la parte peggiore è che probabilmente hai rovinato la cosa migliore che tu abbia mai avuto. Ora guardala: è assolutamente meravigliosa e, ironicamente, ora fa parte del gruppo d'élite, proprio come te."

Ryan mi fissava, quasi impotente, e potevo dire che una parte di lui si pentiva di tutto. Sembrava un ragazzino che si era appena reso conto di aver perso il suo primo vero amore. I suoi occhi si addolcirono per un breve momento prima di mascherare rapidamente i suoi sentimenti con la sua solita arroganza. Il sorriso compiaciuto tornò sul suo volto, ma era chiaro che la sua spavalderia non era sufficiente a nascondere il dolore nei suoi occhi.

Adesso potevo vederlo: la verità. "La ami ancora, vero?" gli ho chiesto e per una frazione di secondo non ha detto nulla. Ma poi si è lasciato andare in una risata secca, senza convincere davvero nessuno, soprattutto io. Lo potrei dire adesso. Il suo aspetto, sconfitto, come se avesse appena perso l'amore della sua vita, mi diceva tutto. Ma, come sempre, la maschera si è subito rialzata. L'espressione scomparve e lui si guardò intorno con il solito sorriso arrogante, come se nulla fosse successo.

Proprio in quel momento le due ragazze entrarono nella stanza. Con mia sorpresa, Leyla sembrava assolutamente devastata, con gli occhi rossi come se avesse pianto. Sierra, d'altra parte, la stava fissando, con il viso distorto dalla frustrazione. Mi lasciò ancora più confuso, ma non ero sicuro di voler sapere cosa fosse successo tra loro. Tuttavia, era chiaro che la tensione tra tutti era appena diventata più densa e l'aria sembrava carica di parole non dette.

Lanciai di nuovo un'occhiata a Ryan, chiedendomi se si fosse reso conto di ciò che stava accadendo davanti a noi. Incontrò brevemente i miei occhi, ma la sua espressione era ormai illeggibile, la sua precedente vulnerabilità completamente mascherata dalla sua solita indifferenza.

# FERITE NON DETTE

**Sierra:**

Ci siamo avvicinati agli scaffali pieni di libri sulla mitologia greca e non ho potuto fare a meno di chiedere a Leyla. "Okay, capisco che non vai d'accordo con Ryan, ma non mi hai mai detto il perché. Onestamente, ho sempre avuto la sensazione che gli piaci. Ogni volta che non lo hai ancora notato, ma lui ti ha già visto, ti guarda come se fosse... innamorato. Allora, cosa sta succedendo veramente?"

Fu allora che crollò. Mi sono preparato a qualsiasi cosa, da uno scoppio di rabbia al trattamento del silenzio, ma non mi sarei mai aspettato che iniziasse a piangere. Era come se i suoi muri accuratamente costruiti fossero improvvisamente crollati. (Tutti gli eroi piangono a volte. Non perché siano deboli, ma perché sono stati forti per così tanto tempo...)

Leyla è sempre stata quella che teneva insieme le cose, che non mostrava altro che forza. Era la ragazza che sembrava non avere mai problemi con nulla, quindi vederla crollare in quel modo mi ha completamente colto di sorpresa. Mi inginocchiai rapidamente accanto a lei e posai delicatamente la mia mano sulla sua schiena. "Ehi, cosa sta succedendo? Ho detto qualcosa di sbagliato? Parlami, Leyla.

Stava singhiozzando piano, ma sembrava che stesse lentamente iniziando a ricomporsi. Dopo qualche istante, finalmente parlò, con una voce appena superiore a un sussurro. "Va bene, non te l'ho mai detto. È stato prima che ti trasferissi qui. Avevo 15 anni e Ryan 16. Eravamo davvero vicini, migliori amici. Ma poi... ho iniziato a innamorarmi di lui. Onestamente pensavo che avrebbe potuto provare la stessa cosa. Ma ero sovrappeso, non ero popolare, e lui... beh, era l'esatto contrario. Tutti lo conoscevano e la sua popolarità cresceva. Un pomeriggio d'estate stavamo parlando dopo la lezione, solo noi due. Volevo dimostrargli quanto tenevo a lui. Ho pensato che forse, se lo avessi baciato, avrebbe capito. Ma quello è stato l'errore più grande che abbia mai fatto".

Fece una pausa, prendendo un respiro tremante, e potei vedere il dolore ritornare nei suoi occhi. "Mi sono chinato per baciarlo e lui mi ha semplicemente respinto. Ha urlato: "Bah, come se mai ti avrei baciato". Qualsiasi ragazzo bacerebbe qualcuno grasso come te. Non credo di essermi mai sentito più umiliato in vita mia. Tutti lo sentirono e risero. Anche lui rise, mentre io scappavo dal cortile della scuola, piangendo. In seguito si è scusato, ma ha detto che era più preoccupato di mantenere alta la sua reputazione che di ogni altra cosa. Ha scelto il suo status invece di me."

Potevo sentire la pesantezza delle sue parole affondare in me. Il mio cuore soffriva per lei mentre continuava. "Dopodiché ho cancellato il suo numero, bloccandolo ovunque. Mi sono detto che avevo finito con lui. Ma non volevo che si dimenticasse di me, quindi ho iniziato ad allenarmi. Non mangiavo quasi nulla, solo per poter ottenere il corpo che ho sempre sognato. Ho lavorato così duramente e quando ho iniziato ad avere un aspetto migliore, ho pensato che forse gli avrei fatto del male come lui ha fatto con me. Ma ogni volta che provavo a mostrarglielo, semplicemente non funzionava. Non importava quanto cambiavo, quanto lavoravo duramente. Non ero mai abbastanza per lui.

Ma quello che mi distrugge di più è che lo amo ancora. Nonostante tutto, nonostante quanto mi abbia ferito, lo amo ancora. Ma non mi permetterei mai più di innamorarmi di lui. Non potrei mai più affrontarlo. Non posso lasciare che mi spezzi una seconda volta.

Le sue parole mi colpirono come una tonnellata di mattoni. Non avevo idea del dolore che si portava dietro e non potevo nemmeno iniziare a immaginarne la profondità. Per un momento rimasi semplicemente sbalordito. Rimasi lì, congelato, con la bocca aperta per lo shock.

Leyla mi guardò con quei suoi occhi tristi e all'improvviso sentii che era il mio turno di essere forte per lei. Mi accucciai accanto a lei e le asciugai delicatamente le lacrime dalla guancia. "Leyla, quel ragazzo non merita sicuramente il tuo tempo. Sei fantastico così come sei. E sai cosa? Hai tutto davanti a te. Quindi asciuga quelle lacrime e tieni la testa alta, ok?"

Lei annuì leggermente, ma potevo dire che stava ancora lottando. Sapevo che se avesse dovuto affrontare Ryan in quel momento, probabilmente sarebbe crollata di nuovo. Quindi, ho subito escogitato un piano per aiutarla a superare questa situazione. "Ehi, ho un'idea. Adesso vai a casa e mi occuperò io della prima parte della presentazione con i ragazzi. Quando avremo finito, verrò a casa tua e parleremo. Scopriremo cosa succederà dopo".

Il suo viso si illuminò un po' e sorrise debolmente. "Lo faresti davvero per me? Sei il migliore amico che chiunque potrebbe chiedere.

Le ho rivolto un sorriso rassicurante: "Certo che lo farei. Adesso andiamo a prendere dei libri e sistemiamo questa presentazione."

Leyla si alzò e io l'aiutai a raccogliere alcuni libri sulla mitologia greca. Tornammo dove Ryan e Louis stavano aspettando, e non appena Ryan vide che Leyla stava piangendo, la sua espressione cambiò. La guardò con sincera preoccupazione. Per un momento, ho quasi pensato che si sarebbe scusato o addirittura le avrebbe chiesto chi le aveva fatto del male. Ma poi è tornato il suo solito sorriso beffardo e ho capito che forse non era del tutto all'oscuro di quello che aveva fatto.

Tuttavia, adesso c'era qualcosa di diverso nella sua reazione. Forse, solo forse, si era reso conto di ciò che aveva perso fin dall'inizio.

**Luigi:**

Sierra mi mise davanti una pila di una quindicina di libri e disse: "Va bene, ecco i libri. Leyla non si sente bene, quindi sta tornando a casa". Annuii, vedendo che Leyla aveva davvero un aspetto terribile. "Me ne andrò anch'io, se per te va bene. Neanche oggi mi sento molto bene," disse Ryan, con una voce che sembrava quasi di scusa. Leyla sussultò alle sue parole ma non disse nulla. Sierra emise un profondo sospiro, chiaramente frustrata ma anche preoccupata. "Va bene allora, Louis e io inizieremo oggi, e continueremo insieme più tardi," disse. Ryan si alzò e, senza aggiungere altro, uscì dalla biblioteca, senza nemmeno preoccuparsi di salutarlo.

Leyla si avvicinò a Sierra, avvolgendola tra le braccia in un forte abbraccio, la sua voce appena sopra un sussurro quando disse: "Ciao". Il modo in cui lo disse mi fece capire quanto apparisse fragile in quel momento. Fino ad ora l'avevo vista solo come una persona incredibilmente forte e indistruttibile, e questo scorcio di vulnerabilità mi ha colto di sorpresa.

"Va bene," disse Sierra, voltandosi di nuovo verso di me, "non mi piaci davvero, ma dobbiamo lavorare insieme, quindi dichiaro una tregua." Alzai le sopracciglia per l'improvviso cambiamento nel suo tono. Sembrava sinceramente preoccupata per i suoi amici, ma stavo ancora cercando di dare un senso a tutto ciò che stava accadendo. La sua proposta di tregua sembrava troppo facile, troppo rapida, ma non ho discusso. "Va bene, nessun problema," risposi, ancora cercando di capirla. Qualcosa in lei mi sembrava familiare e mi tormentava. Non riuscivo a capire da dove la conoscessi, ma sembrava qualcuno che avrei dovuto riconoscere.

Mi ha sorpreso a fissarla e, per un momento, ho avuto la sensazione che sapesse esattamente cosa stavo pensando. L'intensità del suo sguardo non faceva altro che aumentare la confusione, ma distolsi rapidamente lo sguardo, costringendomi a concentrarmi sul compito da svolgere. Presi il primo libro davanti a me e lo aprii, senza prestare molta attenzione alle parole sulla pagina. Sierra sembrava fare lo stesso, sfogliando il libro con la stessa aria distratta.

Alla fine non sono più riuscita a stare zitta. "Che cosa è successo con Leyla? Sembrava assolutamente distrutta," ho chiesto, la mia curiosità aveva la meglio su di me. Sierra mi guardò per un momento, con occhi calcolatori, come se stesse decidendo se fidarsi o meno di me. "Beh, non dovrei proprio dirlo e, onestamente, non mi fido di te, ma ha qualcosa a che fare con il tuo nuovo migliore amico Ryan."

Mi colpì subito: Sierra non sapeva dell'umiliazione che Ryan aveva sottoposto a Leyla. Non ero sorpreso, però; sembrava troppo fuori dal giro. Annuii lentamente, facendole capire che ero consapevole della situazione. "Oh, okay, ora ho capito. Ryan mi ha già detto qualcosa del genere," dissi, cercando di mantenere la situazione informale. Ma la reazione di Sierra mi ha colto di sorpresa.

Il suo viso era distorto dalla rabbia e sembrava che stesse per dare fuoco a qualcosa con il suo sguardo. "Aspetta, cosa ha fatto? Se ne è davvero vantato?" La sua voce era intrisa di furia, ma la represse rapidamente. "Leyla è la persona migliore che conosco, e voglio solo dare un pugno in faccia a Ryan per quello che le ha fatto."

Mi sono appoggiato leggermente allo schienale, con espressione indifferente, ma poi ho parlato per chiarire le cose. "Avevo giurato che non l'avrei detto a nessuno di questa cosa, ma sì, Ryan se ne vantava. Non riusciva a smettere di parlarne. È incasinato, ma..." Mi interruppi, sentendo il peso della situazione.

Gli occhi di Sierra si spalancarono increduli. "Non l'ha fatto?"

Scossi lentamente la testa. "No, assolutamente no, ma in questo momento penso che dovremmo concentrarci sulla presentazione. È la cosa più importante in questo momento."

Non appena l'ho detto, ho capito quanto suonasse assurdo. La presentazione era l'ultima cosa che mi importava in quel momento, ma era un buon modo per cambiare argomento, soprattutto quando Sierra sembrava annoiata quanto me. Presi di nuovo il libro, fingendo di leggere, ma potevo dire che gli occhi di Sierra si stavano spostando sulle mie labbra. Quando le ragazze guardano le labbra di un ragazzo, di solito pensano a come sarebbe baciarle. Un sorriso malizioso si allargò sul mio viso mentre mi appoggiavo allo schienale della sedia, divertito.

Che i giochi abbiano inizio.

**Sierra:**

Trovai il mio sguardo fisso sulle sue labbra mentre lottava per mettere a fuoco il libro di fronte a lui. Le sue labbra erano carnose e dalla forma meravigliosa, e non potevo fare a meno di immaginare come sarebbe stato se avessero sfiorato le mie, per poi scivolare lentamente lungo il mio collo. Nel mezzo di questi pensieri, il ragazzo dalle labbra seducenti parlò all'improvviso, rompendo le mie fantasticherie. "Stai pensando di baciarmi?" chiese, con un sorriso ampio e consapevole.

Mi sono bloccato, con il cuore che batteva forte, colto dal momento. Non avevo intenzione di ammettere quello che stavo pensando, quindi ho cercato di comportarmi in modo disinvolto, anche se la mia voce mi ha leggermente tradito. "No, come ti è venuta in mente?" Balbettai, ancora un po' sconcertato.

Non abbandonò il sorriso, chiaramente consapevole di quanto avesse ragione. "Beh, hai fissato le mie labbra per così tanto tempo. Non hai mai avuto un bacio davvero bello? Vuoi vedere come si sente uno vero?"

Non riuscivo quasi a credere a quello che stavo sentendo. Naturalmente aveva ragione: non avevo mai sperimentato nulla di simile a un grande bacio. Certo, avevo già baciato delle persone, ma la maggior parte di questi erano dimenticabili, alcuni addirittura imbarazzanti. Ma non potevo dirglielo in alcun modo.

Non gli avrei dato quella soddisfazione. "Ma ne ho già avuto uno prima, e no, non voglio", ho ribattuto velocemente, anche se dal suo sorriso potevo capire che non se lo beveva.

Il suo sorriso non fece altro che allargarsi, la sua fiducia cresceva. "Come se. Ma non mi dispiace mostrarti come si fa", disse, sporgendosi in avanti. Ho sentito il mio corpo irrigidirsi, congelato sul posto. Il suo viso era ormai a pochi centimetri dal mio e potevo vedere l'intensità nei suoi occhi azzurro ghiaccio. Per un breve momento, ho pensato di vedere un lampo di desiderio lì, ma altrettanto rapidamente se n'è andato. Eppure, la sua testa restava vicina e potevo sentire il suo respiro caldo sulle mie labbra, la sua vicinanza che mi circondava, rendendomi difficile pensare lucidamente.

In quell'istante, la tentazione di avvicinarsi, di baciarlo, fu travolgente. Ma non potevo permettermi di farlo. Non adesso, non quando avrebbe semplicemente confermato tutto ciò che pensava. Non potevo dargli quella soddisfazione. Così, ho messo la mia mano sul suo petto, sentendo la forza dei suoi muscoli sotto le dita, e l'ho spinto indietro delicatamente.

Si allontanò leggermente, sorridendo trionfante come se mi avesse già capito. Voleva suscitare il desiderio, mettere alla prova i miei limiti, e lo aveva fatto bene. Entrambi tornammo a lavorare in silenzio, ma la mia mente continuava a correre. Mi sono ritrovato a chiedermi se sapesse ancora chi ero, se si ricordasse qualcosa di me di prima. Il modo in cui mi guardò suggeriva che non ne avesse idea, e questo mi diede la possibilità.

"Sai davvero chi sono?" chiesi casualmente, cercando di nascondere la curiosità nella mia voce. Mi guardò, con uno sguardo confuso. "Hmm, sì, tu sei Sierra", disse, anche se il suo tono non era del tutto sicuro.

Alzai un sopracciglio, premendo ulteriormente. "Sì, ma ti conosco da un po'. Ci siamo conosciuti prima che tu venissi in questa scuola." Aggrottò la fronte, cercando chiaramente di ricordare qualcosa del nostro incontro passato, ma nulla sembrò funzionare. Stava lottando, quindi ho deciso di dargli un suggerimento. "Di che colori sono i vostri scooter?" dissi con un sorriso giocoso, sapendo che questo gli avrebbe rinfrescato la memoria.

Per un momento sembrò completamente perso. Ma poi, un lampo di riconoscimento attraversò il suo viso, seguito da un'espressione di realizzazione. "Oh merda! Ecco perché mi sembravi così familiare! Sapevo di conoscerti!"

Non ho potuto farne a meno: ho fatto una piccola risata, quasi silenziosa. Gli ci era voluto abbastanza tempo. "Ci hai messo abbastanza tempo," scherzai, ridendo di nuovo.

Lui rise insieme, scuotendo la testa. "Sì, sì, sentiti libero di prendermi in giro", disse, continuando a sorridere. "Ma ehi, allora mi hai salvato il culo. Pensavo che avresti fischiato, ma non l'hai fatto. Avresti potuto farmi fare brutta figura, ma non l'hai fatto.

Gli ho fatto un finto broncio, anche se stavo ancora ridendo. "Oh, che dolcezza. Lo apprezzi? Non lasciarti trasportare. Ho ancora alcuni contatti.

A quel punto crollai sul pavimento, con lo stomaco dolorante per aver riso così forte. Anche Louis era scivolato giù dal divano, ora seduto sul pavimento accanto a me, tremando dalle risate. "Oh, posso prenderlo come un indizio che pensi che io sia carino?" chiese con voce intrisa di divertimento.

Sorrisi, cercando ancora di riprendere fiato. "Non l'ho mai detto", ho risposto, ma il sorriso sul mio viso mi ha tradito.

Louis si avvicinò, il suo sorriso non svanì mai. "Posso conviverci. Ma sei ridicolmente dolce, e lo sapevo già allora. Non potevo dirlo davanti alla polizia", ha detto, con la voce ridotta a un sussurro basso e provocatorio.

Prima che me ne rendessi conto, il suo viso era di nuovo a pochi centimetri dal mio, e sentii aumentare il calore tra di noi. Le sue labbra si librarono appena sopra le mie e, per la prima volta, non lo respinsi. Non potevo. Ogni parte di me urlava per ridurre la distanza, per sentire le sue labbra sulle mie. Ma ero congelato, intrappolato tra la foga del momento e la paura di cosa avrebbe significato. Abbassò le sue labbra sulle mie e non ebbi altra scelta che lasciarlo fare.

**Luigi:**

Ho baciato la ragazza a cui pensavo da così tanto tempo. Non ero mai riuscito a dimenticarla. Dal momento in cui ci siamo incrociati per la prima volta, lei è sembrata radicata nella mia mente. Sembrava che la sua immagine fosse rimasta impressa nel mio cervello e non c'era via di scampo. Ho iniziato ogni giorno pensando a lei. Non riuscivo a liberarmene, non importa quanto cercassi di respingere quei sentimenti. Ma ho dovuto sopprimerli e per molto tempo li ho sepolti nel profondo. Ora, eccola qui, di nuovo proprio di fronte a me. Quante volte avevo immaginato come sarebbe stato baciarla? Il pensiero aveva indugiato nella mia mente all'infinito, alimentando fantasie e desideri. Ma anche adesso, sapevo che non potevo permettermi di sentire troppo. Se mi permettessi di innamorarmi completamente di lei, di sentire tutto con ogni fibra del mio essere, mi troverei dritto nel caos. L'ultima cosa che volevo era aprirmi a ulteriori complicazioni. Ne è valsa la pena? Non ne ero sicuro. Ma, in questo momento, non potevo sopportare di condividerlo con nessun altro. Era mio.

All'inizio il bacio era incerto. Non ero sicuro di come avrebbe reagito: quanto si sarebbe arresa, quanto si sarebbe tirata indietro. Ma quando ho sentito la sua risposta, il suo corpo rilassarsi nel mio, sono diventato più audace. Le mie labbra si muovevano con maggiore urgenza contro le sue, e le sue mani, una sulla mia schiena, l'altra tra i miei capelli, mi incoraggiarono ad andare più a fondo. Potevo sentire l'intensità crescere tra di noi e, per un breve momento, mi chiedevo se avrei potuto spingerla oltre proprio lì in biblioteca. Ma l'ho frenato rapidamente. Non c'era modo che potessi perdere il controllo in quel modo. Non qui. Non adesso.

Mi allontanai lentamente, interrompendo con riluttanza il bacio. Il mio corpo era in fiamme, il cuore mi batteva forte nel petto, ma avevo bisogno di calmarmi. Mi alzai, cercando di nascondere il rapido alzarsi e abbassarsi del mio respiro. Aprii gli occhi, trovando i suoi già fissati nei miei, un lampo di calore e qualcosa di più profondo nel suo sguardo. Era una sensazione che non avevo mai provato prima e mi ha fatto contorcere le viscere. L'ultima cosa che volevo era sentirmi così. Mi ha spaventato più di quanto volessi ammettere. Non potevo innamorarmi di lei. Mi sono rifiutato.

Scossi la testa, cercando di scacciare le emozioni travolgenti che mi stavano inondando la mente. Dovevo ricordare a me stesso che non era altro che una scommessa. Solo una sfida, niente di più. Lei era tutto quello che era. Eppure, quando la guardai di nuovo, non potevo negare il dolore al petto. Era molto più di quanto mi fossi permesso di realizzare.

"Okay, penso che dovremmo concludere la giornata con la presentazione," ha detto Sierra, sorridendomi. Annuii rigidamente, cercando di tenere sotto controllo le mie emozioni. È solo una scommessa. Era solo una scommessa, ricordai a me stesso. Ma la mia voce mi ha tradito quando ho aggiunto: "Quello che è appena successo qui non significa niente. Niente di niente".

Non ero sicuro di chi stessi cercando di convincere: le parole sembravano vuote, anche mentre le pronunciavo. Potevo vedere la sua delusione balenare sul suo viso con la coda dell'occhio, e mi ferì più di quanto mi aspettassi.

"Certo, non mi aspettavo nient'altro", rispose, con una voce più tagliente. "Ma dubito che sia stato il mio bacio migliore."

Non ho potuto fare a meno di sorridere. Sembrava che fosse già tornata a essere quella di sempre, con la fiducia intatta. "Bene, mia bella, penso che potresti essere ancora un po' stordita, ma non preoccuparti, ho ancora altro da offrirti." Non ho potuto resistere all'aggiunta di un tocco scherzoso. "Okay, ciao bella, allora vado. Oh, e non dimenticare di chiudere a chiave," dissi, lanciandole un sorriso mentre camminavo verso la porta.

Nel momento in cui sono uscito, ho sentito il peso sollevarsi dalle spalle. Per la prima volta da molto tempo, ho sorriso. Un sorriso genuino. Non era solo perché avevo avuto la meglio su di lei in quel momento. No, era più di questo. Per la prima volta dopo tanto tempo, ho sentito qualcosa di puro e reale. Qualcosa che non potevo ignorare, anche se ci provassi.

**Sierra:**

Non appena Louis fu fuori dalla porta, crollai di nuovo sul pavimento. Oh Dio, cosa avevo appena fatto? Il sogno che avevo in mente per quella che sembrava un'eternità aveva preso vita, e non nel modo in cui mi aspettavo. Avevo baciato Louis, l'unica persona a cui non ero riuscito a smettere di pensare per così tanto tempo. Il bacio era stato tutto e niente allo stesso tempo. Era tutto ciò che avevo immaginato, eppure molto più intenso, molto più reale di quanto avessi mai osato sperare. L'impeto, l'elettricità tra noi... Era quasi troppo.

Eppure, mentre le sue parole indugiavano nelle mie orecchie, una piccola parte di me tornava alla realtà. "Non significa niente," aveva detto, e per qualche ragione, quella era l'unica cosa che mi riportava con i piedi per terra. È stato un confronto con la realtà, ma assolutamente necessario. Aveva ragione. Non avevo mai ricevuto un bacio del genere prima. Ma non avevo intenzione di ammetterlo con lui. Non volevo che sapesse quanto mi fossi sentita completamente fuori controllo in quel momento. Il modo in cui mi aveva baciato, il modo in cui mi aveva fatto sentire come se potessi fondermi con lui: era tutto ciò che avevo sognato e altro ancora.

Il problema? Mi ha terrorizzato. Il fatto di essere stata così negligente, così disposta a concedermi a lui senza pensarci, mi fece venire un brivido lungo la schiena. Si era allontanato, chiaramente un po' senza fiato. Odiavo quanto lo avevo lasciato entrare. Eppure, non riuscivo a scrollarmi di dosso quella sensazione. Il mio cuore batteva ancora forte e non riuscivo a decidere se volevo tirarlo indietro o spingerlo via. Ma no, dovevo odiarlo. Dovevo ricordare a me stesso che innamorarmi di lui sarebbe stata la cosa più stupida che potessi fare. Era solo un bacio, una scommessa. Niente di più. E dovevo tenerlo a mente.

Il giorno dopo mi sono svegliato con uno strano senso di calma, un senso di lucidità che non mi aspettavo. Uscii di casa sentendomi meglio, cercando di scrollarmi di dosso il caldo persistente della notte scorsa. Quando sono uscito, mio cugino mi stava aspettando con il suo scooter, come al solito. Aveva questo modo di tirarmi fuori dalla testa quando ne avevo più bisogno. Il tempo era perfetto e il sole cominciava a fare capolino da dietro le nuvole. Sono saltato sul retro del suo scooter e ci siamo diretti verso la scuola, con il vento tra i capelli.

Mentre entravamo nel parcheggio, vidi Leyla che camminava verso di me, con i suoi capelli neri e ricci mossi dalla brezza. Sembrava una modella o una star del cinema, il suo viso splendeva sotto il sole del mattino. Ma il sorriso che di solito aleggiava sulle sue labbra non si trovava da nessuna parte. Invece, aveva questa espressione fredda, come se qualcosa la disturbasse. Potevo già dire che si stava preparando per una sorta di crollo dovuto agli eventi di ieri.

Mi salutò con un sorriso caloroso, ma i suoi occhi tradivano qualcosa di più profondo. "Sai, sembri una star del cinema quando ti togli il casco," lo prese in giro, con un tono dolce ma consapevole. "Ti sei vestita molto bene oggi? Cos'è successo ieri? Mi stai nascondendo dei segreti?"

Non ho potuto fare a meno di sorridere. Certo, mi ero vestita un po', ma non avevo intenzione di rivelare la verità sul bacio tra me e Louis. Era qualcosa che dovevo tenere rinchiuso. "Volevo solo avere un bell'aspetto," risposi, liquidando l'argomento con nonchalance. Leyla alzò un sopracciglio, chiaramente poco convinta, ma lasciò perdere.

Nel frattempo, mio cugino era ancora dietro di me e Leyla lo stava già abbracciando, uno di quegli abbracci giocosi e amichevoli che sembravano durare per sempre. Aveva questo effetto sulle persone. Mio cugino Lucas e i suoi amici si affollarono intorno a lei, cercando di attirare la sua attenzione, e lei gliela diede gentilmente. Li osservavo interagire, con un po' di divertimento agli angoli della bocca. Lucas era ormai il re della scuola, con Leyla al suo fianco, e tutti lo invidiavano. Era strano guardarlo, ma non potevo negare di essere un po' fiero di lui.

All'improvviso, il rombo di due motociclette squarciò l'aria e mi si contorse lo stomaco. Sapevo esattamente chi era. I "cattivi ragazzi" della classe stavano arrivando. Louis e Ryan. Già sentivo le moto girare, una più forte dell'altra. Mentre raggiungevano i parcheggi e i loro motori si spegnevano, l'intero parcheggio sembrava trattenere il fiato. Naturalmente, le ragazze si sono radunate intorno all'istante, con gli occhi incollati ai ragazzi mentre si toglievano i caschi, ogni movimento esagerato come se fosse parte di una grande esibizione.

Leyla e io ci scambiammo un'occhiata, più per un leggero disgusto che per altro. Non ero interessato allo spettacolo, ma potevo sentire il peso degli occhi di tutti su di noi. Anche dopo tutto quello che è successo con Louis, stavo ancora cercando di mantenere una certa distanza, di mantenere un po' di controllo su me stessa. Non avevo intenzione di far loro vedere che ero colpito.

Ryan e Louis si sono avvicinati a noi, affiancati come sempre dai loro amici. Eravamo in mezzo ai ragazzi "d'élite", quelli che tutti sembravano adorare. Quando gli occhi di Louis incontrarono i miei, sentii quella scintilla familiare, quella connessione elettrica che non riuscivo a scuotere. Ma l'ho combattuto. Mi ha sorriso e non ho potuto fare a meno di ricambiare il sorriso, anche se sapevo che non era una buona idea.

Leyla, tuttavia, non ricambiò il sorriso di Ryan. In effetti, lei lo riconobbe a malapena, il suo sguardo lo oltrepassò come se fosse invisibile. Era un contrasto così netto con la solita dinamica tra loro, e non potevo fare a meno di ammirarla per questo. Proprio in quel momento suonò la campanella, e fu come il segnale che il nostro piccolo spettacolo stava per iniziare.

Con un sorriso d'intesa, ho guardato Leyla e lei ha annuito. Scendemmo dallo scooter di mio cugino e ci incamminammo verso l'ingresso, ogni passo pieno di scopo. Sapevamo che gli occhi di tutti erano puntati su di noi, sia dei ragazzi che delle ragazze. Ma avevamo un piano e lo avremmo eseguito in modo impeccabile. Avremmo mostrato loro ciò che avevano perso.

Mentre ci avvicinavamo all'ingresso, c'erano alcuni insegnanti in formazione in piedi accanto alle porte, assicurandosi che nessuno portasse sigarette accese. Potevo vedere il modo in cui le ragazze le guardavano, con gli occhi pieni di desiderio. Le porte non si aprivano mai per noi, a meno che non facessimo impressione. Così, Leyla e io ci avviammo verso la porta, scuotendo i fianchi un po' più del solito. Leyla ha lanciato uno dei suoi sorrisi caratteristici, il tipo che potrebbe sciogliere il cuore di chiunque e, come previsto, la tirocinante le ha aperto la porta senza esitazione. Ho seguito l'esempio dalla mia parte e la porta si è aperta.

Siamo entrati sapendo di aver lasciato il segno. Non avevamo appena varcato la soglia: eravamo entrati con fiducia, con potere. Speravo solo che avesse avuto l'impatto che desideravamo.

**Luigi:**

Non me lo sarei mai aspettato. Sierra, in un certo senso, sembrava ostentare il suo fascino, come se mi stesse mostrando quanto fosse calda e quanto facilmente avrebbe potuto avere qualcuno. Beh, sicuramente è riuscita a chiarirlo. Non ho potuto fare a meno di lanciare un'occhiata a Ryan, che sembrava stesse sbattendo mentalmente la testa contro un muro per tutto il tempo. Alla fine, incontrò il mio sguardo, con il viso distorto dalla rabbia mentre mormorava: "Quanto puoi essere stupido? Mi sento come se stessi per rompere qualcosa, preferibilmente la mia testa." Sorrisi, trovando il momento piuttosto divertente. "Ehi, non farlo, potresti davvero averne bisogno. Anche se quello che hai fatto con Leyla è stato piuttosto stupido," lo presi in giro, stuzzicandolo.

Era visibilmente irritato. "Sì, sì, lo so che adori sbattermelo in faccia, ma ora basta. Forse dovrei semplicemente dimenticarmi di lei, uscire, fare festa e dormire con qualche ragazza a caso."

"Sei sicuro che sia una buona idea?" chiesi, incerto della sua logica. "Non lo so, amico."

"O sei con me o non lo sei, ma andrò sicuramente," disse con tono determinato.

Beh, non potrei discutere con quella logica. Era chiaro che se le cose non fossero andate per il verso giusto, si sarebbe scagliato di nuovo. Ho pensato che una distrazione avrebbe aiutato, quindi ho alzato le spalle. "Va bene, verrò. Un po' di tempo lontano da Sierra e dalla scuola sembra esattamente ciò di cui ho bisogno."

Detto questo siamo entrati nella lezione di storia. Appena entrati, il signor Mittermaier, già di cattivo umore, si è rivolto alla prima persona che ha visto, una ragazza seduta nelle prime file. Non mi importava davvero chi fosse; la mia mente era altrove.

Quando Ryan e io ci sedemmo, notai che Leyla e Sierra si erano già sistemate ai loro posti. Sierra era seduta lì, bella come sempre, ma non era solo il suo aspetto fisico ad attirare la mia attenzione. I suoi capelli biondi – naturalmente biondi, non quelli finti e troppo schiariti – brillavano sotto la luce del sole che filtrava dalla finestra. All'improvviso si voltò e i nostri occhi si incontrarono. I suoi occhi azzurri erano ipnotizzanti, come se potessi perdermi in loro per sempre. Le sue labbra si curvarono in un sorriso giocoso, e mi sentivo come se potessi baciarla ancora, ripetutamente. Ma non appena ha alzato un sopracciglio, sono tornato alla realtà. No, non potevo permettere che ciò accadesse. Innamorarsi di lei avrebbe portato solo ulteriori complicazioni. Non potevo lasciare che i sentimenti mi rendessero debole, soprattutto adesso.

Il resto della giornata scolastica fu confuso. Non potevo concentrarmi su nulla. Sapevo che dovevo riprendermi, concentrarmi nuovamente sulle cose importanti: la mia famiglia e la scommessa. Sierra era solo una distrazione, una scommessa, niente di più. Non potevo lasciare che mi trascinasse in altre emozioni. I sentimenti ti hanno reso tenero, vulnerabile, e questa è l'ultima cosa che potevo permettermi in questo momento.

Quando suonò l'ultima campanella, presi la mia roba e corsi alla macchina. Non era un gran che da vedere, era solo un vecchio rottame, ma funzionava. La prima cosa che ho fatto è stata andare a scuola della mia sorellina per andarla a prendere. Mentre entravo nel parcheggio della scuola, la vidi in piedi davanti al cancello, circondata dai suoi amici, che rideva. Era felice e questo era l'unica cosa che contava.

Mi ha notato subito e il suo viso si è illuminato. Ha salutato i suoi amici ed è corsa verso di me. La presi tra le braccia, facendola girare due volte prima di posarla delicatamente. Sorrideva da un orecchio all'altro. "Ciao Louis! Sai una cosa? Ho ritrovato un lavoro!" disse con eccitazione.

Ho ridacchiato: "Oh davvero? Hai finalmente capito quel 'sei'?"

Lei rise: "No, non proprio. Più come un sei da dietro... Quindi, uno!" gridò di gioia.

Anch'io ho riso e ho chiesto: "E che argomento era?"

"La mia insegnante di matematica dice che sono troppo intelligente per questo livello", ha detto, sorridendo da un orecchio all'altro.

Non ho potuto fare a meno di sorriderle. Kiara era tutto ciò che desideravo essere: forte, intelligente e piena di gioia. Sembrava proprio come me, tranne che con gli occhi castani. Avevo sempre saputo che era capace di saltare un anno, ma non volevo che fosse così. Doveva restare in quella classe e godersi la sua infanzia, nonostante le difficoltà a casa.

Dopo aver preso le sue cose, ci siamo diretti al palazzetto dello sport per andare a prendere il mio fratellino Nico, dalla sua partita di calcio. Abbiamo colto solo gli ultimi due minuti, ma non aveva importanza. A Kiara non piaceva il calcio, ma mi piaceva guardare Nico. Stava giocando la sua prima vera partita e non potevo perdermela. Quando entrammo in palestra, notai che alcuni degli altri genitori, in particolare alcune giovani madri, mi lanciavano lunghe occhiate. Non ho prestato loro attenzione. Ero qui per mio fratello.

Nico mi ha notato dall'altra parte del campo. Appena mi vide, il suo volto si aprì in un ampio sorriso. Ha preso la palla da un giocatore avversario e si è lanciato verso la porta. Era veloce, concentrato e determinato. Poco prima di raggiungere la porta, ha tirato la palla con tutto ciò che aveva. Ha oltrepassato il portiere ed è finito in rete. La sua squadra ha esultato e Nico è corso verso di me gridando: "Hai visto? Hai visto come la palla è volata in rete? Era inarrestabile!"

Ho sorriso, ma la mia mente non era completamente lì. La gioia del mio fratellino, la sua eccitazione: tutto mi ha ricordato quando le cose erano più semplici, prima che la mamma morisse. Dalla sua morte, era stata una lotta costante mantenere quel calore nella nostra casa. Ma vedere Nico così pieno di vita, così spensierato, mi ha fatto sentire qualcosa che non provavo da molto tempo.

Prima che potessi dire altro, Nico mi diede un leggero pugno nello stomaco e mi afferrò il braccio, trascinandomi verso un ragazzino con i capelli neri e gli occhi azzurri. "Louis, questo è il mio nuovo amico Jack! È nella mia classe ed è fantastico a calcio, proprio come me!" Nico era praticamente pieno d'orgoglio quando mi presentò a Jack.

Abbassai lo sguardo su Jack, che mi fece un sorriso. "Ehi Louis, ho segnato un gol, ma tu non eri lì a vederlo", ha detto.

Ho ridacchiato: "Vorrei averlo visto. Sembra che tu abbia un talento naturale".

Proprio mentre stavo per dire altro, ho sentito una voce familiare.

In quel momento ho sentito un tuffo allo stomaco e ho capito esattamente chi era.




LA FINE

www.ingramcontent.com/pod-product-compliance
Lightning Source LLC
Chambersburg PA
CBHW071952120726
48001CB00005B/2155